イラスト・マンガ：見ル野栄司
ブックデザイン：森田恭行（キガミッツ）

# はじめに

働く人たちの喜びや哀愁があふれる、ものづくりの〝現場〟。

無口な腕利き職人、身勝手な社長や上司、徹夜のプログラマー、情報通のおばちゃん……。どの現場にも必ずいそうな個性あふれる人たちは、世界に誇る日本のものづくりを支えている人たちでもあります。

「現場川柳」はものづくりの現場にまつわる川柳企画として、２０１４年の10月３日「センサの日」からはじまりました。「センサの日」というのは、産業用センサメーカーのオプテックス・エフエー株式会社が制定した日本記念日協会認定の記念日で、１００３（＝センサン）の語呂合わせから来ています。

ときに熱く、ときに可笑しい、ものづくりに関わるすべての人たちの共感を誘う「現場川柳」。どうぞお楽しみください。

目次

# 1

# ものづくり現場の気合と悲哀

## 〜開発設計・製造編〜

# 俺じゃない混入できる髪もない

更地ジジイ

**講評コメント**

現場では衛生上、帽子をかぶって作業する方も多いものですよね。この句は髪の毛がなくなるほど帽子をかぶり、衛生管理を徹底しているってことですね！

# 流れてく意識と共に不良品

めがねレンチ

## 講評コメント

ラインでの目視検査は淡々と製品が流れてくるので、眠くなってしまう気持ちもわかります。でも仕事は仕事！　しっかり集中して検査しましょう！

# 設計者図面のうちは超強気

猫背

講評コメント

「開発あるある」ですね。紙の上では完璧でも、試作で立体物になったら……。この後の展開が気になります！

# キズ隠す位置に貼られた検査証

かきくけ子

講評コメント

検査証でキズを隠すという禁断の行為……。これはすぐバレそうで憎めないですね。でも、みなさんは決してマネしないよう！

# ネジ穴を壊しゆっくり場を離れ

おれ、俺！宮ちゃん

講評コメント

ネジ穴をつぶしてしまう失敗は、新人の頃にありがち。そんな失敗したネジを取り除く工具もあるので、逃げないで上司に報告しましょう。

# 試作品 動かなくても 宝物

烏蘭

**講評コメント**

「経験は宝」ということですね！ 素晴らしい句です。たとえ失敗作だとしても得るものはあるという、考えさせられる川柳です。

「おかしいな」
クレーム来ずに
不安増す

くずれ荘の管理人

**講評コメント**

製造や開発にはクレームがつきもの。そんなクレームが出ないように日々がんばっているのに、逆に来ないと心配になるという心理をうまく表現しています。

# ヒットする予感で辞表引っ込める

すみれリターンズ

講評コメント

これは「辞めないあるある」かもしれません。仕事に誇りを持っているからこそ、毎回ヒットの予感がするんでしょうね。

# 我慢から自慢に変わる発売日

真珠3

講評コメント

現場の仕事にはいろいろな苦労がついてまわるもの。携わった商品が発売され、それまでの我慢が晴れやかに報われる様子が伝わってきます。

# 理不尽も無理も組み込み初期ロット

減点パパ

講評コメント

初期ロットはできたてホヤホヤゆえに不具合も出てしまうもの。そんな製品には、開発や設計陣が押しつけられた「理不尽」や「無理」が詰まっているのかも。

# コンベアを流れる品で知る曜日

SKかぴさん

講評コメント

食品工場などのラインでは、環境が変わらず曜日感覚も薄れますよね。お弁当などのレシピで曜日がわかるのでしょうか。そんな想像をさせるおもしろい句です。

# 不良出し苦情の山でソロキャンプ

風信子

講評コメント

不良を出してしまい苦情が来ると、夜通しの対応を余儀なくされることもあります。流行のソロキャンプをうまく使った悲哀が混じる作品です。

# 部品来ず加工のスキル爆上がり

りんぐま

講評コメント

マシニングセンタという機械を使えば部品を作れる時代になりました。来るはずの部品が届かなかったときは、スキルアップできるチャンスということですね。

センサには負けじと我が目のVAR

すやすや

講評コメント

２０２２年のサッカーW杯で話題になった「ＶＡＲ」をうまく使った句です。現場ではセンサだけでなく、目視検査も重要な技術のひとつです。

# ヒットする名前を変えただけなのに

やじろべー

講評コメント

遊び心も時には必要だなと思わせてくれる句ですね。デザインと使い勝手と遊び心。それらがぴったりはまるとヒットにつながるのかもしれません。

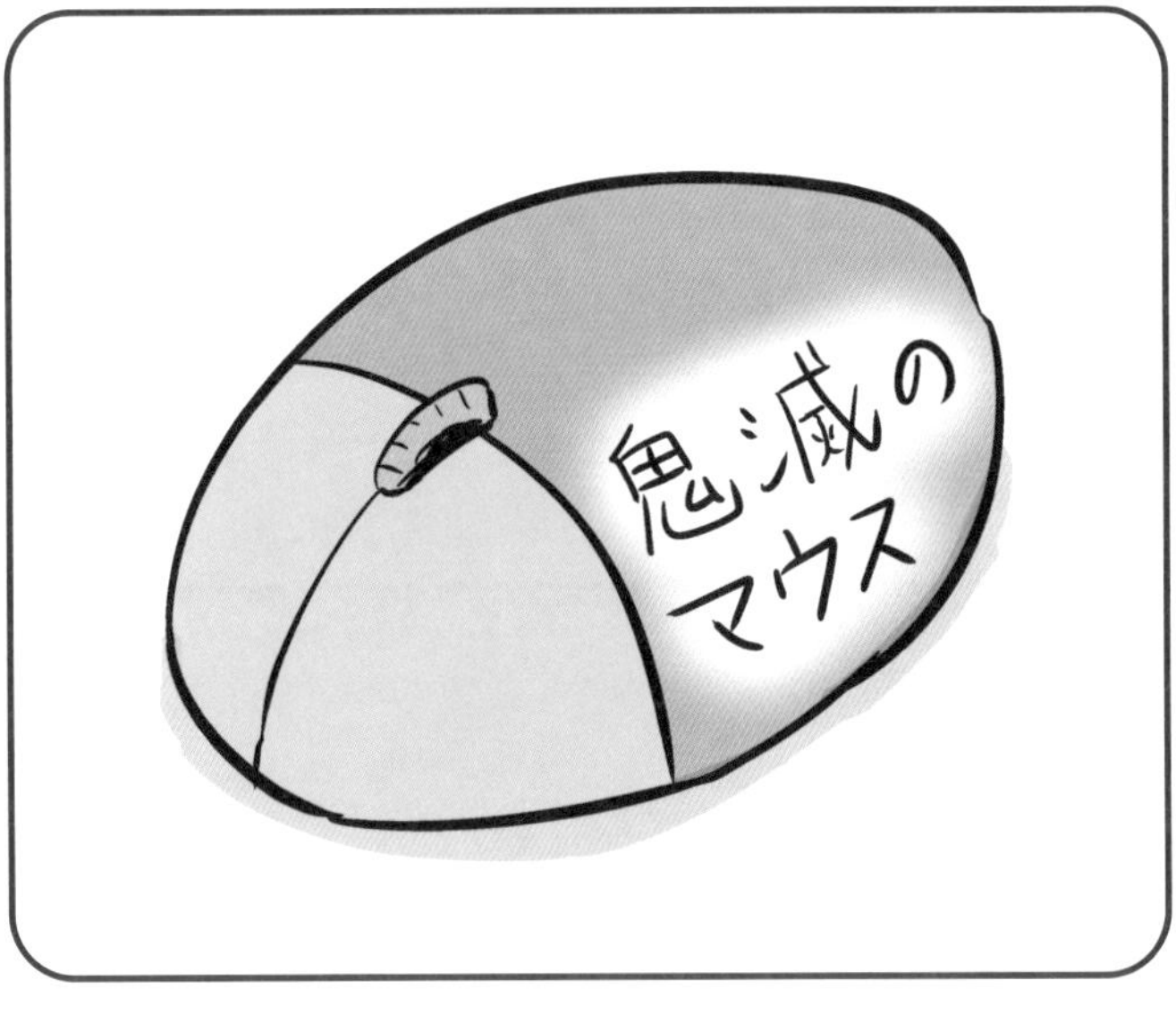

# どう見ても
# サボり防止の
# あのカメラ

酒井具視

講評コメント

最近では作業効率化のために動線分析をするためのカメラを導入する現場もあるようですね。しかし見た目はまるで監視カメラ。なんか落ち着かないですよね。

# サボり魔の秘密基地なる在庫棚

事務所の主

講評コメント

簡単に外出しにくい現場では、1つや2つ自分だけの場所があるのではないでしょうか？ サボりすぎは厳禁ですが、たまには休憩も必要です！

# その死角　俺の秘密のサボり場所

海丸

講評コメント

在庫確認や棚の整理など、人目につきにくい場所での作業は格好の休憩時間。もし人に見られたとしても「在庫整理してました！」で逃げられるかも!?

# 本調子出たら終了小ロット

山崎三毛

**講評コメント**

「よし、慣れてきたぞ!」とエンジンがかかった時には作業が終わっている小ロット。多品種小ロットの日本の産業をうまく表現しています。

# あぁ電気　メカとソフトの　板挟み

こまっちょ

講評コメント

電気設計が機械設計（メカ）とプログラマー（ソフト）の板挟みになって混乱する様子が、五・七・五でうまくまとめられていますね。

# 機器止まり現場に響くオレの歌

唯我独尊

講評コメント

機械の音が大きいと歌っていてもバレませんが、エラーなどで機械が急に止まると自分の歌が響きわたって恥ずかしいことに。音の大きい現場あるあるです。

# 2

# ものづくりの定理

## ～現場あるある編～

# 検査課と資材に敵はつくらない

もい

講評コメント

スムーズに作って出荷するためには、資材課や検査課とは仲良くしておきたいものです。それが製造業の定理というもの。とても現場川柳らしい作品です！

# いい現場だけ切り抜いた社のパンフ

うし坊

講評コメント

パンフの明るく楽しい現場と、現実のギャップに驚くこと間違いなし。とても現場川柳らしい一句です。

# 下請けの上から目線好景気

やじろべー

講評コメント

装置産業を中心に空前の好景気だった年を象徴する句です。「数か月後の納品になりますが何か?」と、〝上から目線〟の声が聴こえてきます。

# パンフでは働き者に見えた人

てぬきうどん

**講評コメント**

パンフに載ってる優秀そうな人も、入社してみると「あれ?」ってことがありますよね。でも、もしかしたら〝やる時はやるタイプ〟なのかもしれません。

# 異常出て困ったときの「前任者」

大海の真珠

講評コメント

この句は「プログラマーあるある」かもしれません。開発初期に関わった前任者に責任を押しつけたい気持ちもわかりますが、人のせいにすることなかれですね。

# 色恋が絡むと変わるシフト表

具蔵

講評コメント

シフト制の現場ではよく見るあるあるなのではないでしょうか。くっついたりはなれたり、シフト表を見るだけで恋路がバレてしまうのでご注意を。

# 見学に浮かれていたら男子校

さごじょう

講評コメント

フレッシュな学生さんが見学に来てくれると、それだけでも嬉しかったりしますよね。男子だって現場を支える貴重な人材です！　浮かれすぎちゃった一句ですね。

# やってみたいQC以外のサークルを

ウシ坊

講評コメント

QC（Quality Control）は品質管理のこと。QCサークル活動という品質向上の取り組みをもじっています。もっとキラキラしたサークル活動したいですよね。

# 言い訳をフローチャートで考える

のんの

講評コメント

フローチャートは「流れ図」のことですね。プログラマーやSEがよく使いますが、言い訳までフローチャートにするなんて、仕事がクセになってるんでしょうね。

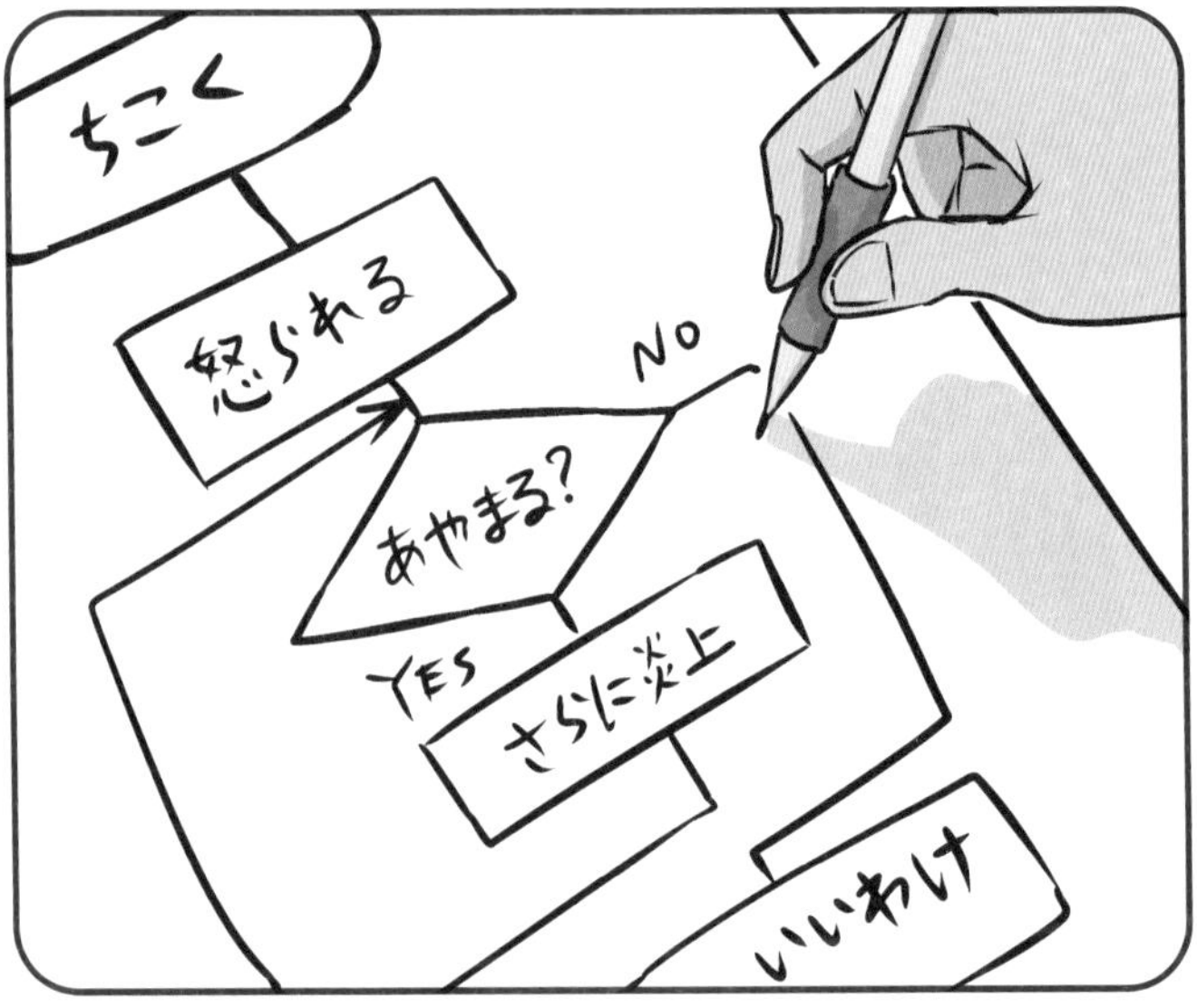

# 台風に
# 納期遅延を
# 助けられ

**入社五年目**

講評コメント

台風による納期遅延は輸送の現場でよくありますが、製造の現場も台風による出勤停止で仕事ができず、期日的に±0になってしまう場合もあるのでご注意を！

# 記憶にはないが記録に出荷済

みちかえ

講評コメント

記録に「出荷済み」とあるので、きっと出荷はされているのでしょう。でも忙しすぎて覚えていない！　ここは記録を信用して、まずはゆっくり休息しましょう。

# 当社比で勝っても他社に負けている

カラスの行水

講評コメント

他社比がダメなら当社比で。まずは己に打ち勝つことも大事。……それにしても表記が小さくて控え目すぎます！

# オレにだけ横文字ゆっくり話す人

みんせい

講評コメント

気を遣って、わかるように話してくれているのでしょう。でも、ゆっくり話すぐらいなら、横文字を日本語にして話してくれよ！と思ったり思わなかったり。

# コルセット忘れた父のファルセット

大須賀健剛

講評コメント

ここでのファルセットは「裏声」という意味ですね。重いものを運ぶ現場では腰痛に悩まされる人も多く、コルセットが必需品であることがよくわかる川柳です。

# 精鋭が抜けて少数だけになり

ハルル

講評コメント

少数精鋭の「精鋭」が抜けてしまったんですね。違う現場にヘルプで向かったのでしょうか。「少数」の人が早く「精鋭」に成長できることを祈ります。

# うがいして見えた工場《こうば》の老朽化

ささゆり

講評コメント

工場の天井は高いので、手が届きにくいゆえに老朽化が出やすいかもしれませんね。でも歴史が刻まれている証拠でもあります。渋くていいのではないでしょうか。

# 我が工場
# 利休に負けぬ
# 詫びと錆び

いっちゃん

**講評コメント**

町工場は「詫び」と「錆び」でできている。思わずうまい！と言わせる一句です。

# 他社なのに
# 回収ニュース
# 胸痛い

のほほんと

**講評コメント**

みなさんまじめに働いているからこそ、他社の回収のニュースも胸が痛くなるんですね。昨日の敵は今日の友。同業他社もライバルであり友ですね。

# 合い鍵を渡されるのは会社だけ

酒井具視

**講評コメント**

合い鍵を託されるということは、会社から信頼を得られているということですよね！　プライベートでも信頼してもらえる人が見つかるといいのですが……。

# 大寒波 ラジオ体操 早回し

はんしんいち

講評コメント

寒すぎて早く終えたかったんですね。寒い時こそ、きちんと準備運動した方がいいので、室内でやるとか防寒するとか工夫してしっかり体を動かしましょう。

# 遅刻して深呼吸だけする体操

きよ太郎

講評コメント

まるで出席確認をしているときに教室に走りこんでくる学生さんのよう。ギリギリセーフのようでギリギリアウト！　寝坊に気をつけましょう。

# 朝礼の社訓の数が半端ない

ヒデ

講評コメント

気合いの入っている会社ほど社訓が多い傾向がありそうですね。先輩方の教訓がつまっているのでしょうが、暗唱に時間がかかりすぎるのも考えものですよね。

ものづくり現場コラム

# 昼の休憩時間は いかにスタミナを回復するか

ものづくりの現場では、体力や集中力が必要な場面が多いからこそ、昼休みでとれだけスタミナを回復させるかがキモと言えます。もちろん休憩時間なので、ゆっくり昼食をとったり、スマホを見たりと自由ですが、中には「仮眠したい!」と考えている人も多いのではないでしょうか。

そんな人たちからすれば、普段は安くてありがたい社員食堂も、並ぶ時間が大幅にロスになってしまいます。いかに昼食を素早くとって、長く昼寝をするかを考えて、昼食を事前に買ってきたり、早食いしたりと、みんな工夫をしているのです。素早く食べられるカップ麺なども強い味方ですね。

昼寝の仕方もみんな様々。自分のデスクがある人は机に突っ伏したり、車のある現場ではシートを倒して仮眠したり、梱包に使う緩衝材を布団代わりにして昼寝したりする人もいるようです。

# 3

# 俺の相棒

## ～機械・道具編～

# メカニック
# 機械を呼ぶ時
# 「この子はね」

空師

**講評コメント**

機械や仕事を愛している感じが伝わってくる、いい句ですね。マシニングセンタのオペレータの方など、こういった人が多いような気がします。

# ロボットにパワハラをして手を痛め

浮遊人

講評コメント

思い通りに動かなくて、つい手が出ちゃったんでしょうか。現場のロボや機械は精密なものもあって、しかも高額……！　大切に扱いましょうね。

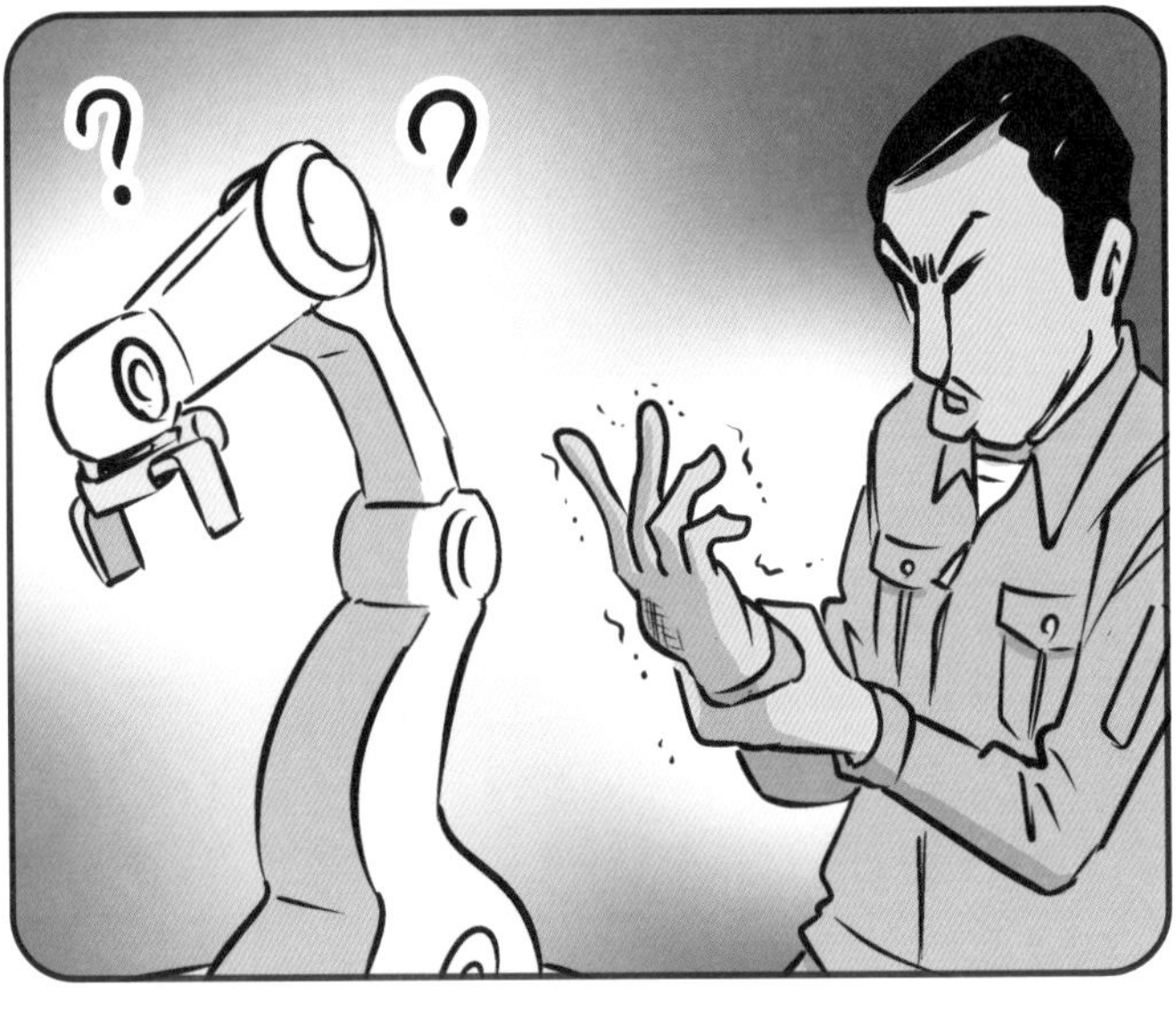

# ロボットと俺のあだ名がなぜ同じ

四季

講評コメント

きっと愛着をこめてロボットに名前をつけていたんでしょう。それが自分のあだ名と同じだったとは、ちょっと気恥ずかしさを感じる一句です。

# 動くまで時間のかかる部下とロボ

子育てパパ

講評コメント

ロボットは機械なので起動に時間がかかるんでしょうね。若手の方も軌道にのるまでは時間がかかるかもしれませんが、経験を積めばきっと早くなります！

# もう無理やお前なしでは空調服

現場太郎

講評コメント

空調服は、いまや夏に手放せないアイテムとなりました。工事現場などでは安全の面から半袖等の薄着ができないので、まさに救世主のアイテムですね。

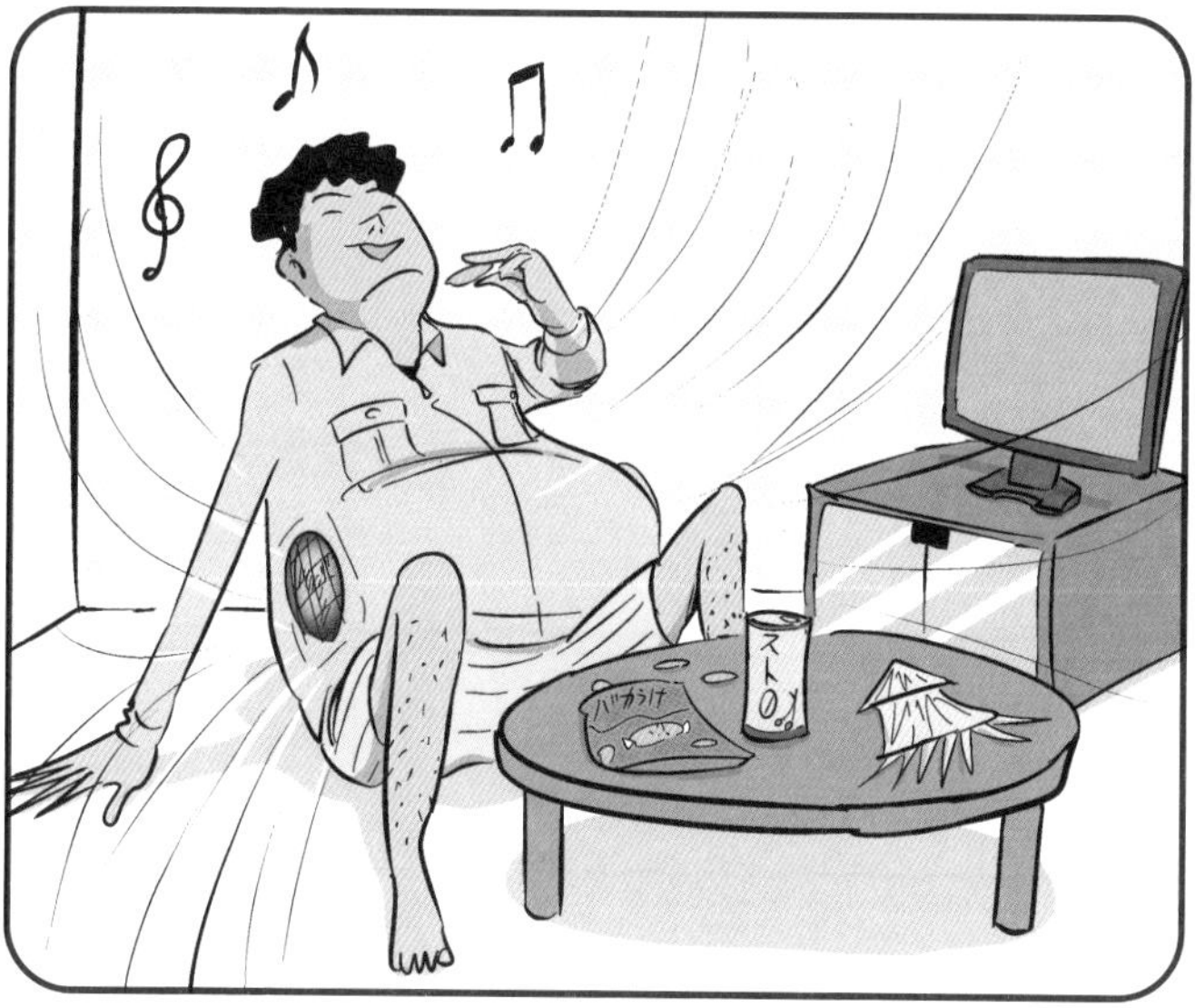

# 俺の指だけをパネルが無視をする

具蔵

講評コメント

手の油分が少なくなったのか、指の皮が厚くなったのか、機械操作のパネルが動かないという、悲哀感じる川柳ですね。ハンドクリームで対策を！

# 夢だった
# ロボ操縦は
# これじゃない

コタラフ

講評コメント

子どもの頃、戦隊ヒーローのロボットにあこがれた人は「これじゃない」と思うかもしれません。でも、そんなあなたも現場を支える立派なヒーローですよ！

# 昼休み ラチェット使い ツボを押す

夢見るUFO

講評コメント

安全靴などは、靴底が丈夫な硬い素材で作られているので、履いていると足の裏が凝りやすいんですよね。工具でツボを押す姿はよく見る光景です。

# なぜだろう トナー切れるの いつも俺

みそ

**講評コメント**

コピー機のトナーでよく起こる現象です。きっとみんな同じように換えていて、みんな「いつも俺が」と思っているのかもしれません。

# 点検で開けたカバーが閉まらない

あやたか

講評コメント

構造が複雑な機械は元の状態に戻すのが大変。一度開けたら戻せなくなって、無理やりカバーを閉めたら壊れてしまった、なんてことのないように……。

# ロボットの指示待ち族になった俺

夢追士

講評コメント

ロボットが現場で活躍する時代になっても、人の目の確認はまだまだ必要。そんな作業は「ロボットの指示待ち」に見えるかもしれませんが、自信を持って！

# ベテランの名入りの工具近づくな

さごじょう

講評コメント

職人にとって工具は命。長年使われ、ベテランの手になじむようになった工具は代用がきかないものです。触らぬ「工具」に祟りなしですね。

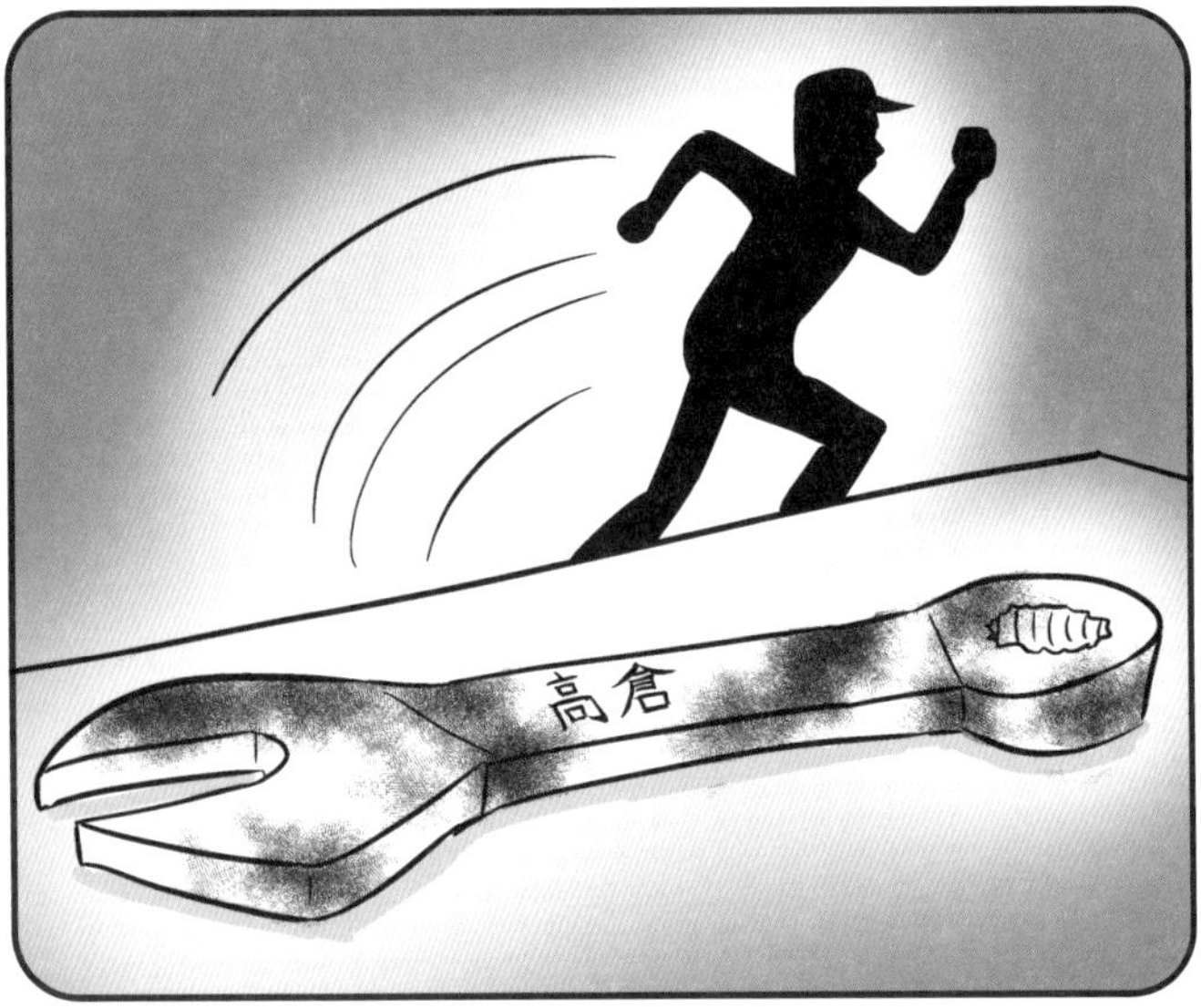

# 重機乗る気分は毎回アムロ・レイ

眠子

**講評コメント**

重機の操縦はヒーローロボットを操作している感覚になりそうです。はじめての運転のときは「山田、行っきまーす！」とか言ったのでしょうか 笑。

# モノタロウ工具眺めて日が暮れる

眠子

講評コメント

工具や部品を眺めていると、あっという間に時間が過ぎてしまうのは、まさに「現場あるある」です。ホームセンターでも同じ現象が起こります。

# サスペンス凶器が工具で観るのやめ

くもがくれオぞう

講評コメント

ニュースでも「バールのようなもの」と使われるなど、凶器の代表のように扱われるのは腑に落ちませんよね。

ものづくり現場コラム

# 現場こだわりの自作工具

今ではDIY人気の高まりも相まって、ホームセンターやネットで手軽にいろんな工具が手に入るようになりました。現場には工具好きも多いので、こだわりを持った逸品を買いそろえている人も多いでしょう。しかし、あまたある工具をすべて購入するにはお金がいくらあっても足りません。特に長さや厚さ違いの工具などは、現場に合わせて自作してしまった方が早く、安上がりということが多くあります。

例えば、特殊な位置にあるネジやボルトを対処するために、ドライバーを「ロウ付け（金属接合技術）」で別の金属の棒と接合して延長したり、狭い隙間に入らないスパナを、グラインダーで削って厚さを調整したりして自作します。また、電動ドリルのキリも、ロウ付けで延長すれば、ドリル本体が入らない込み入った位置でも穴あけができるようになります。

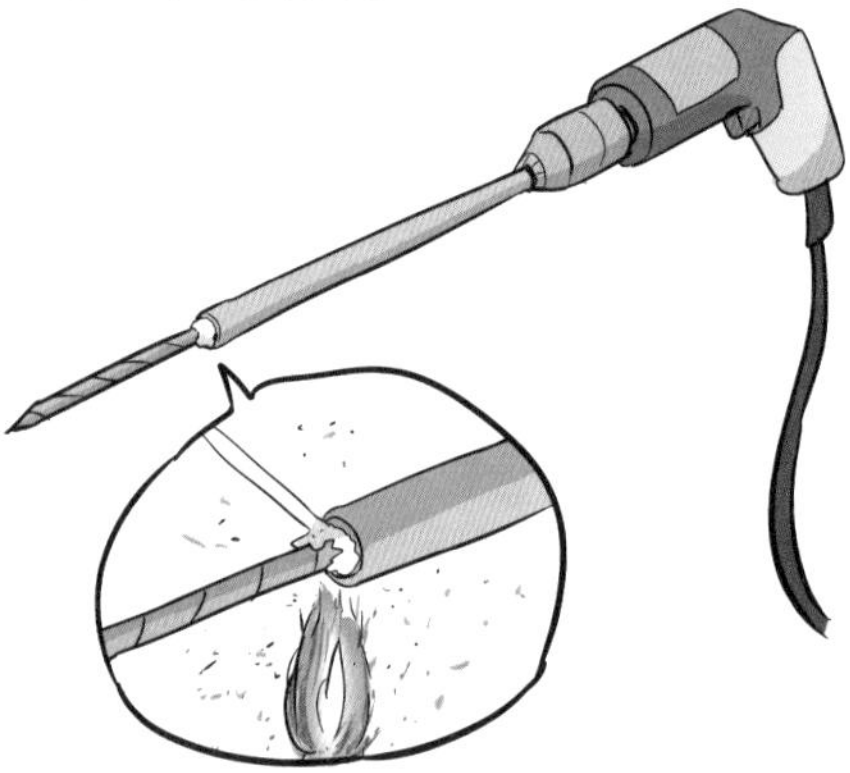

# 4

# そんな時代も
# あったねと

## ～トレンド・流行語編～

# 「社長来る！」情報速度は5G

眠子

講評コメント

日常業務の中で突如やってくる現場巡回。そんな「現場あるある」を、製造業のトレンドワード・高速大容量「5G」とうまくかけて表現されています。

# 作業服
# 脱げぬ老後の
# 二千万

らくちゃん

講評コメント

2019年に話題になった老後2000万円問題と高齢化が進む現場の実情をうまく絡めています。日本の製造業はベテラン技術者の活躍がまだまだ必要です！

# ワンチーム
# やっぱり班長
# 言い出した

だいちゃんZ！

講評コメント

2019年のラグビーW杯でヘッドコーチが掲げたスローガンですね。チームが結束しそうですが、部下と温度差があると暑苦しく感じるかも 笑。

# 班長とカブってしまった柄マスク

うーるちゃん

講評コメント

コロナ禍ならではの川柳ですね。こだわって選んだ柄なのに、カブってしまうと一気に恥ずかしい気持ちに……。スペアで違う柄のマスクがあるといいのかも。

# ヘルメット
# ゴーグルマスク
# おまえ誰？

ハイ爺

講評コメント

マスクの習慣で知り合いでも素顔を知らないままなんて話を聞きますが、ヘルメットとゴーグルをつけたら、素顔を知ってる人でも誰だかわからなくなりますよね。

# 倉庫内
# 残る資材は
# じゃない方

ストレス戦闘機

講評コメント

2021年からの部品不足の句ですね。「もしかしたらあったかも」と社内在庫を確認してもビミョーに違ったりして……。もどかしさが伝わってきます。

# 第二波で入った新人五波で辞め

とらのん

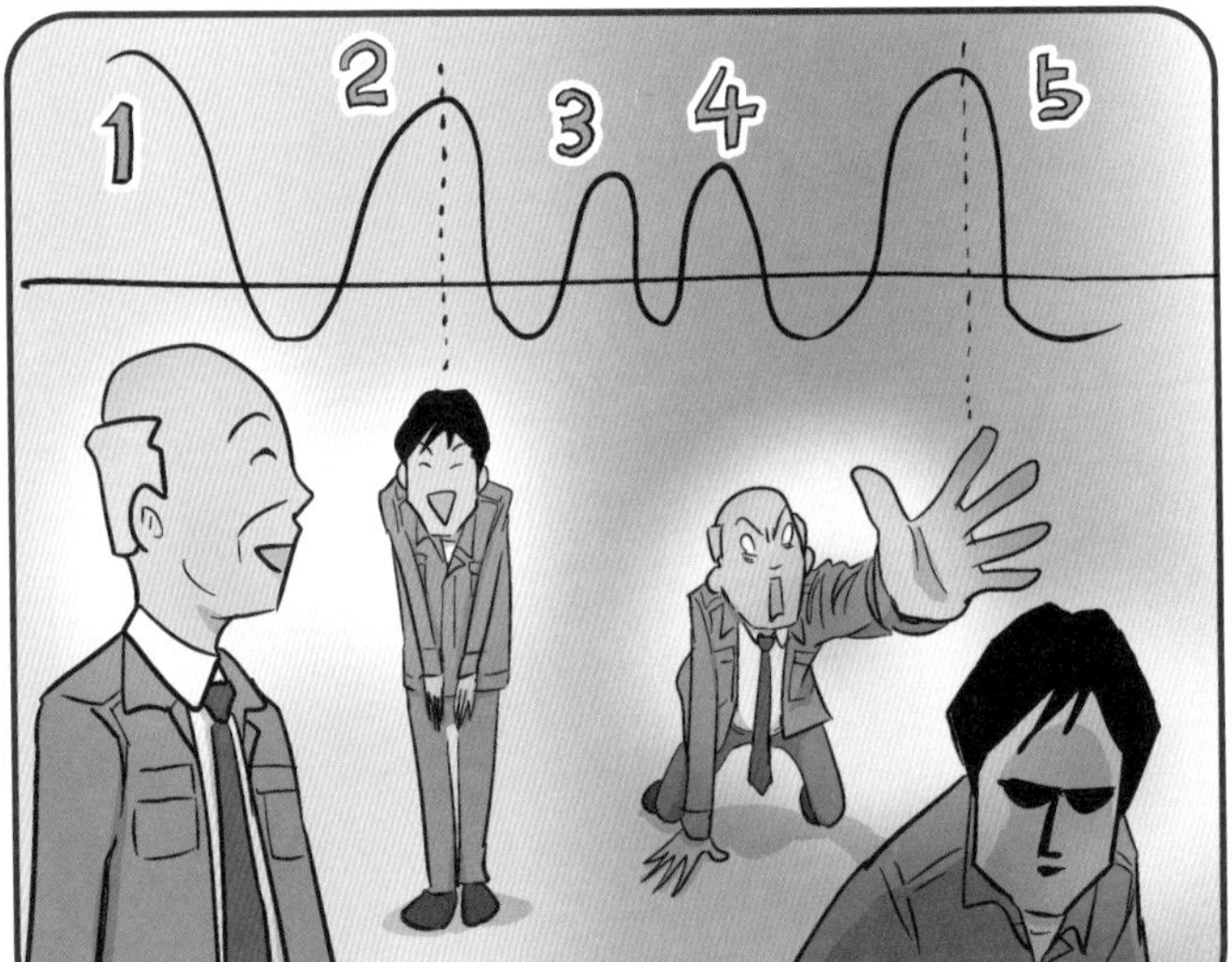


講評コメント

第二波が2020年、第五波が2021年なので、あっという間に辞めちゃったってことですね。長引くコロナとの対比が哀愁を誘います。

# 5か国語タダで学べる我が現場

ミス現場

講評コメント

外国人労働者の受け入れが本格化し、がんばっている現場の担当者が目に浮かびました。目まぐるしく変わる環境をポジティブに捉えていていいですね。

# 一番に覚えた日本語「さじ加減」

どらまにあ

講評コメント

「さじ加減」は日本特有の言葉ですね。海外の方には珍しい言葉で、現場では職人それぞれの感覚も重要な技術なので、使い勝手がよい言葉なのでしょう。

不具合を
出して直して
二刀流

羽華

講評コメント

2021年に大活躍したメジャーリーガーの「二刀流」を現場流にうまくアレンジした作品です。空回りっぷりがすごいですね〜。

# その部品 貴重らしいで 知らんけど

ちゅんすけ

**講評コメント**

2022年流行語TOP10入りした「知らんけど」と、その前年の部品不足を上手に絡めた作品です。不足して実感する部品のありがたみ。

# 彫り深い だけで通訳 頼まれる

パフ

講評コメント

外国人労働者が増えたからこその川柳です。無茶ぶりは困ってしまいますが、外国語を学ぶチャンスかもしれません。

火花散る
インスタ映えぞ
我が職場

はんだごて

講評コメント

毎日見慣れた仕事風景だけど、実はこれってフォトジェニック？ ありふれたモノづくり現場にスポットを当てる素晴らしい句です。

# 見ないふり
# する時だって
# ONE TEAM

まっちゃん

講評コメント

こんな一致団結もありますよね！2019年に盛り上がったラグビーの流行語を使い、ネガティブ×ポジティブの言葉の対比が見事です。

# 欲しいのはクラウドよりも若人よ

まどけい

講評コメント

たしかに、現場ではクラウドよりも若者の手がほしいですよね！ 楽しいものづくりの現場に若い方が増えてくれることを祈ります。

# 我が現場
# 緻密・精密
# ご内密

各下奈磨江

講評コメント

緻密さと精密さを売りにしている会社でも、表沙汰にできない3つめの「密」があります。怖いですね〜。

# 3密になるほどいない社員数

睡魔〜

講評コメント

密閉、密集、密接。逆立ちしても3密になれない、我が社のソーシャルディスタンス。これなら安心ですね！

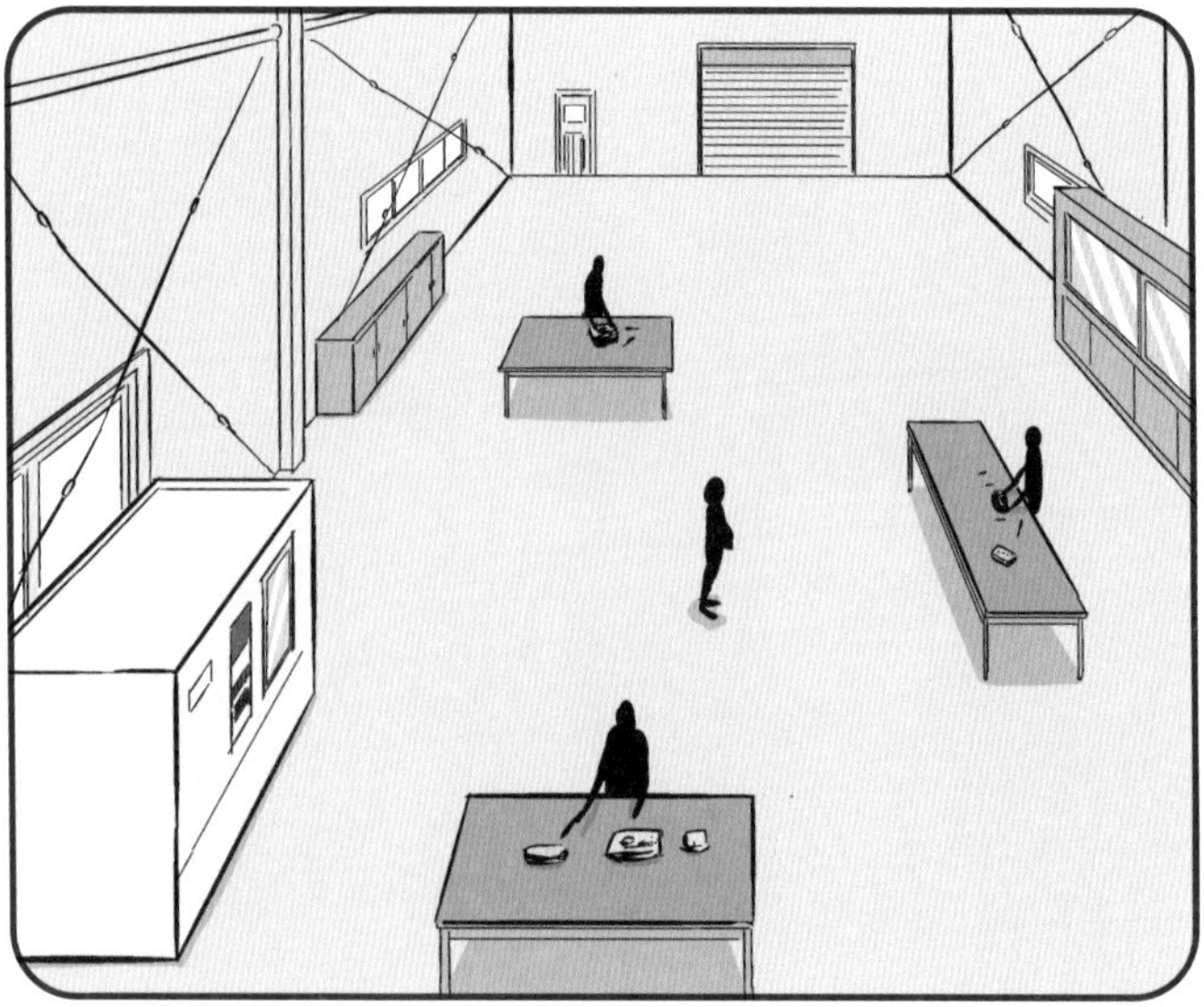

# 換気不要
# 現場はいつも
# 吹きさらし

たんたん

講評コメント

金属の熱処理加工の現場などでは、熱がこもるので吹きさらしのところもあるようですね。夏は暑く冬は寒そうですが、コロナ感染は広がらない環境です。

# ペーパーレス普及のための説明書

満福太郎

講評コメント

「結局、紙使ってるじゃん!」というツッコミが聞こえてきそうです。でも、この説明書を読み込めば本格的なペーパーレスになるはず。

# タピオカが部品に見えて仕方ない

まさひろ

**講評コメント**

ベアリングに使われる玉（転動体）などは、たくさんあるとタピオカに見えてくるかもしれません。間違っても食べないように！

# 匠からオタクに変わる巣ごもり中

直蔵

講評コメント

匠にはこだわりを持っている方も多いでしょうから、コロナを機にオタ活に励んだ方も多かったのではないでしょうか。

# 酒旨い現場復帰の副反応

三太夫

講評コメント

これは良い副反応ですね！ ただでさえ仕事終わりの一杯は最高なのに、コロナ自粛が明けて現場に復帰できた日の一杯は、きっと格別でしょう！

ものづくり現場コラム

# パートさんは現場にとって重要な人材

量産系のものづくりの現場では、効率化のために機械化やロボットの導入などが増えています。しかし、生産工程の異なる多品種小ロットの企業では、まだまだ人の手の方が効率的な場面も多くあります。そんな現場で重要な戦力として活躍しているのが、パートさんたちなのです。

日本のパートさんたちは、言われたことをきちんと守り、根気強く、熟練のパートさんは「職人よりも精度が高い」などとも言われるそうです。パートさんたちが元気に働ける企業があるということは、その地域の雇用を生み、経済も活性化されていきます。

日本のものづくり企業を縁の下で支えているパートさんたちは、日本という国を、いや世界を支えている人たちと言っても過言ではないのです！

# 5

# ものづくり人間模様

## ～上司＆部下・職人・オバちゃん編～

# オバちゃんを制する者がライン長

こしょこしょマシーン

講評コメント

製造ラインを支える屋台骨、それがパートスタッフの女性達。きっとそんな現場は多いはず。ライン長の勘所をコミカルに表現した句です。

# 帰らない上司のあの目は飲みサイン

おらっち

講評コメント

まさにおっさんずラブコール。お気に入りに加えられるとこうなりますよね。こっそり帰ったら帰ったで次の日の尋問が怖い。程よい距離感を！

# おばちゃんがビッグデータのわが職場

だいちゃんZ!

**講評コメント**

ウワサ好きの方はどの現場にも一人はいるのではないでしょうか。そんな人を巨大なデータ群「ビッグデータ」に例えた、クスっと笑えるおもしろい句です。

# クレームだ詫びは課長のショータイム

空の青さにいきいきと

講評コメント

2021年流行語の「ショータイム」が、うまい句になりました。こんな課長、会社に一人はいてほしいですね！

# ゴルゴ風社長が視察遠くから

きょっぴん

講評コメント

さすがにスコープを覗いて視察はしていないでしょうね笑。でも、社長からしたら自分のいないときの現場を知りたいのかもしれません。

# あの職人1ミクロンも笑わない

だいちゃんZ!

講評コメント

仕事に真剣で、無駄を嫌う職人は、一見とっつきにくそうな印象ですが、実は一緒に飲みに行ったりすると、気さくにしゃべってくれる方も多いですよ!

# 見た目では
# 判断出来ぬ
# 部下 上司

セイアン

講評コメント

若くして技術を身につけた方もいれば、一念発起して新しい現場に入った年配の方もいますよね。年齢関係なくみなさんにがんばってほしいです。

# 指示系統 奥さん↓社長↓パート↓僕

聖社員

**講評コメント**

これは「一族経営あるある」ですね。社長よりも奥さんの方が上なのが笑いのツボです。家庭でのヒエラルキーも見えてくるよくできた川柳です。

# 言っただろ叫ぶ先輩初対面

ポン酢がけ不死鳥

講評コメント

新人が入ったり、せっかく育てた人が辞めたりと、混乱している様子が伝わってきます。先輩からしたら新人は皆同じに見えてしまっているのかもしれません。

# 新人が専門用語Siriに聞く

なし郎

**講評コメント**

AI搭載のスピーカーやスマホが普及し、わからないことは即聞く（調べる）世代の句ですね。覚える気がなさそうな新人に、先輩のため息が聞こえそうです。

# 難しい
# 顔して受ける
# それも技

具蔵

**講評コメント**

職人たるもの安請け合いはしない！　と難しい表情を作っている姿を想像して笑ってしまいました。これぞ「現場川柳」という作品です。

# 新人よ技盗むなら俺じゃない

聖社員

講評コメント

この新人は諸先輩方がみんな匠に見えてしまったんでしょう。いつかは「上には上がいる」と知るのでしょうが、フレッシュな気持ちも忘れないでほしいですね。

# 「歩留まりは？」答はいつも「ヤバいです！」

熱い男子

講評コメント

「歩留まり」とは良品の生産数比率のことです。若者が使う「ヤバい」は良くも悪くも取れるので、どっちなのかわからないところが笑いどころです。

# 三人の現場でドンと呼ばれてる

ちゅんすけ

講評コメント

ものづくりの現場では少数精鋭であることも多く、その現場と「ドン」という呼び名のギャップが絶妙です。さぞかし頼りになるのでしょう！

# 旋盤を止めて聴きたや蝉の声

油売り

講評コメント

旋盤は回転する加工機なので、現場では大きな音がします。ふと作業が終わって機械を止めると、蝉の声が聞こえるという風流な一句になっています。

# 責任のパス回しなら技術有り

ぎょしゅう

講評コメント

いつまでたってもゴールが決まらないパス回し。本当は一番上の立場の人にゴールを決めてほしい場面なんですけどね〜……。

# 指の腹サブミクロンの測定器

辛吉

**講評コメント**

職人の中には手に持っただけでサイズを言い当てられる方もいますが、サブミクロンは1万分の1ミリなので、相当繊細な指を持っているということですね！

# 検品の目利きがすぎて彼氏なし

モコ

講評コメント

これは、しょうがないですね。仕事ができる彼女には、お眼鏡にかなう方との素敵な出会いが訪れるはず！

# 6

# 現場は続くよどこまでも

## ～勤務時間外編～

# 合コンで名乗る職業エンジニア

新卒7年目

**講評コメント**

嘘ではないけれど……。「エンジニア」のイメージは人それぞれですもんね！

# もしや罠　休憩室の求人誌

さごじょう

講評コメント

怖いですねー、誰か他の社員が置いたか？　いますよね、毎年転職の話をする先輩。早く辞めてほしいのにそういう人に限って辞めない。……それもいい思い出。

# 食堂の座席に見えぬルールあり

酒井具視

講評コメント

中小企業の食堂などでは暗黙のルールで席が決まっていたりするそうです。新人さんはそんなルールを知らないので、テキトーに座ると変な空気に……。

# ノー残業 電気消されて 闇営業

らくちゃん

講評コメント

これは本当の「闇」ですね……笑。2019年に話題になった芸能界の闇営業問題と働き方改革をうまく絡めた、悲哀が絶妙に漂う見事な作品です。

# 怖いのは…基板のバグより妻のハグ

職人気質

講評コメント

現場にとってバグが出るのは怖いことですね。でも、いつも支えてくれるお母さんには、怖いなんて言ってないで、愛情をもって接してあげてくださいね。

# ラメじゃない金属片と言い訳し

ガイア

講評コメント

金属加工で付着する金属片はキラキラするので、たしかに女性化粧品のラメと見分けがつかないかも!? 果たしてこの言い訳は本当なのかウソなのか！

# ミクロまで精度求めるDIY

ゆうくん

講評コメント

仕事のこだわりをそのまま家に持ち帰って熱くDIYするお父さん。かっこいい背中ですね！　でも、ミクロまでとなると正直少し面倒臭いかも……。

# 選べない家電はすべて親会社

恋太郎

講評コメント

この句は、半強制的に親会社の商品を社販（社内販売）で買わされるという、ちょっとブラックな川柳ですね。自分で好きな家電を選ぶ勇気が欲しい！

# カップ麺重しはいつも平ワッシャー

眠子

講評コメント

ボルトの埋没を防ぐための平ワッシャーは、金属製で熱に強く、程よい重さもあるので、カップ麺のフタの重しにぴったり！

# ワークマンお洒落になって行きづらい

げんば太郎

講評コメント

ワークマンがお洒落になって一般の方にも普及しましたね。インフルエンサーとのコラボなど機能性と見た目を両立させる時代なのかもしれません。

# 帰さない
# 言われてみたい
# 現場以外

紙飛行機

講評コメント

大企業では少なくなってきましたが、中小企業ではまだまだみられる「残業あるある」。残業ばっかりしてると、仲良いあの人とも疎遠になっちゃいますよ！

# ロボの乱　直し帰れば　妻の乱

スーサン

講評コメント

人生という歴史には乱はつきもの。それを乗り越えてこその太平。さあ、ひとり幕府を開くのは今だ！

# ジムに来てガン見マシンの溶接痕

シカクマニア

講評コメント

つい見てしまいます！ 上手だけどこの溶接はロボットなのか？ この材質でも溶接できるのー？ なんて気になるんですよね。

# カップ麺評論家がいる休憩室

たかちゃん・こうちゃん

**講評コメント**

カップ麺は忙しい現場のおいしい味方ですよね。その他にもコンビニ弁当や仕出し弁当評論家、缶コーヒー評論家なんかもいそうですね 笑。

ものづくり現場コラム

# これって現場特有の仕事のクセ!?

本書の現場川柳でも、仕事とは別のプライベート時に、溶接痕をガン見してしまったり、DIYでミクロまでこだわってしまったりと、いわゆる「仕事のクセ」を楽しく詠んでいる句がありますが、意外と「私もやってしまうなあ」と思うことが、たくさんあるのではないでしょうか?

溶接痕をまじまじと見てしまうのは「現場あるある」でよく聞きますが、中には金属や潤滑・サビ防止に使われる油の匂いが気になって嗅いでしまう方もいるそうです。鉄や銅など金属ごとに匂いが微妙に違うそうで、究極になると油の匂いでどの企業でつくられた製品かがわかるとのこと。

街中で見かける建築現場などでは、普段見られない基礎の部分が気になったり、重機のメーカーや新しい機材が気になって、じーっと観察してしまったりするのもあるあるです。

使いこなせば快適に過ごせる⁉

# ものづくり現場の『七つ道具』

## 1 作業着

生地が丈夫で動きやすく、汚れから身を守ってくれる作業着。社員同士の連帯感も強くなり、ものづくり現場で働く仕事人としてのモチベーションも向上させてくれます。

## 2 カップ麺

みなさんご存じ忙しい時のお供カップ麺。お湯を入れればすぐ食べられて、買い置きができ、どこでも購入できるのは心強いですよね。本書の川柳でもたびたび登場します。

## 3 緩衝材

通称「プチプチ」。現場では大きいサイズのロール状になってい て、出荷の際は製品に傷がつかないようにぐるぐる巻きにします。床に敷けば簡易ベッド代わりにもなります。

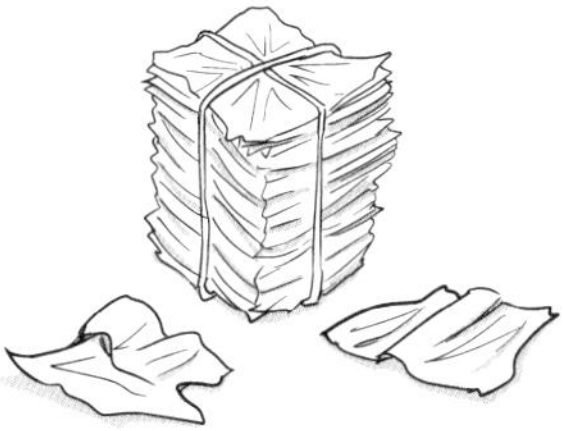

4

## ウエス

機械類の油や、手の汚れを拭きとるために使うウエス。いわゆる雑巾ですね。業務用に大量の束で売られており、用途別に使えるよう様々な生地・原料・サイズがあります。

5

## さしがね

金属製で目盛りがついているさしがねは、主に資材の長さを測ったり、ラインを引いたりするのに使用します。ときどき孫の手として背中をポリポリ掻いたりも笑。

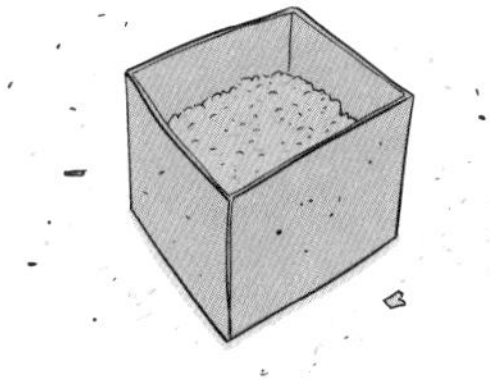

6

## 工業用手洗いせっけん

ピンク色をした粉状のせっけんで、機械の油汚れや、手や布に着いた油・鉄粉を除去できる便利な一品。お弁当の「桜でんぶ」に似てるので、間違って食べないように笑。

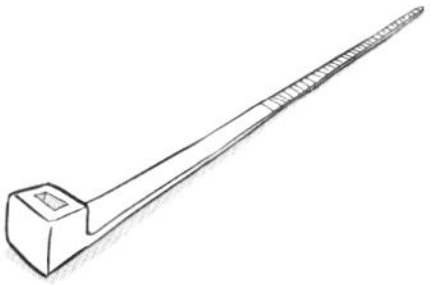

7

## 結束バンド

100円ショップの普及によって一般の方にも市民権を得た結束バンド。自宅のDIYでも使われるが、もともとは資材を束ねたり、固定したりする現場に欠かせない道具です。

# おわりに

このたびは、数ある書籍の中から『現場川柳 ものづくり現場の作業着日誌』を手に取っていただき、本当にありがとうございました。

２０１４年からスタートしたものづくり川柳企画「現場川柳」も、おかげさまで２０２３年に第10回目の募集を迎えます。第１回からの受賞作品を見ると、この10年間で製造業の現場が常に変わりつつあることがわかります。ロボットをはじめとした自動化・省人化の波、ＡＩやペーパーレスに代表されるＤＸ化、技能継承問題と外国人労働者による国際化、そして新型コロナウィルスの流行や部品不足問題……。以前、ある新聞にも「この川柳を読めば製造業のトレンドがわかる」と取り上げていただいたほどです。

一方で、ものづくり現場の変わらない日常も川柳に凝縮されています。毎朝のラジオ体操からはじまって、不良品やクレームとの格闘、機械や工具への偏愛、昼休みのカップ麺、秘密のサボり場所での一休み……。「変わることと変わらないこと」、すべて詰まったものづくり現場の魅力的な毎日を、『作業着日誌』から感じていただければ幸いです。

今後も現場川柳委員会では、ものづくりに関わる箸休めコンテンツとして、気合と悲哀が詰まった沢山の句をお届けできればと考えています。

最後になりましたが、10年近く受賞作品の一句一句に痛快なマンガを添えていただいている見ル野栄司先生、本書の刊行にご尽力いただいたイースト・プレスさん、そして力作を投稿して「現場川柳」を支え続けていただいている作者の皆さまに、厚く御礼を申し上げます。

現場川柳委員会

雀堂隆治　南部竜介
山田達樹　坂本弘
東浩義　大毛沙紀
石谷高宏

◎本書の川柳は、「現場川柳」第4回（2017年募集）～第9回（2022年募集）の入選作・応募作で構成しています。
◎作者のお名前（ペンネーム）は、応募当時のものを掲載しています。
◎現場川柳は、オプテックス・エフエー株式会社の登録商標または商標です。

## 現場川柳委員会

産業用センサメーカー、オプテックス・エフエー株式会社（本社・京都市下京区）によって2014年に設立。ものづくりに携わる、製造・開発設計・物流・営業などの現場をモチーフにした「現場川柳」の公募と選考を行う。公募期間は「センサの日」（10月3日）にちなみ、毎年10月3日から12月中旬まで。

## 見ル野栄司　みるの・えいじ

1971年生まれ。漫画家。日本工学院専門学校メカトロニクス科卒業。半導体製造装置などの設計開発の会社に10年勤務した後に、漫画家としてデビュー。ベストセラーの著作に、理工系ものづくりの人々の姿を描いたコミックエッセイ『シブすぎ技術に男泣き！』（中経出版）など。現在、コミックDAYSにて『デスクリエイト』（原作/見ル野栄司 漫画/夏元雅人）を連載中。有料メルマガ「シブすぎ技術秘話」を毎週配信中。

# 現《げん》場《ば》川柳《せんりゅう》
# ものづくり現《げん》場《ば》の作業着《さぎょうぎ》日誌《にっし》

2023年5月10日　初版第1刷発行

**編　者**　現《げん》場《ば》川柳《せんりゅう》委《い》員会《いんかい》
**マンガ**　見《み》ル《る》野《の》栄司《えいじ》
**発　行**　永田和泉
**発行所**　株式会社イースト・プレス
〒101-0051
東京都千代田区神田神保町 2-4-7 久月神田ビル
TEL：03-5213-4700　FAX：03-5213-4701
https://www.eastpress.co.jp

**印刷所**　中央精版印刷株式会社


ISBN 978-4-7816-2202-6